분노의 임신일기 02

애 좀 낳고 오겠습니다!

분노의 임신일기 02

애 좀 낳고 오겠습니다!

양자윤

입덧만 잡히면 만사 오케이일 줄 알았는데 그것은 그저 시작일 뿐이었다! 좋아질 생각이 없는 임신 우울증, 임산부 체험복을 둘러싼 부부 간의 신경전, 스펙터클했던 태교 여행, 불편한 모성애 강요 등등……. 분노가 들끓다가도 소소하게 웃음짓게 하는 양자 씨의 임신 그림 일기입니다.

보통의 엄마들과 조금 다르다고 해서, 아기보다 나의 행복과 안전을 먼저 챙긴다고 해서 따가운 시선을 받았던 적이 있나요? 이 책은 그런 시선에 과감히 도전장을 내밀고 어퍼컷을 날리는 책은 아니지만, 당신의 조금 답답하고 살짝 외로웠을 마음에 위로의 사이다를 건네는 책입니다.

어쨌든! 첩첩산중 고난과 역경을 딛고 한시름 놓는 순간, 예기치 못하게 닥쳐온 소용돌이에 휩싸인 양자 씨 부부의 임신 여행이 안전한(?) 출산이라는 목적지를 향해 오늘도 열심히 달려갑니다.

양자 씨 씀

엄마와 아기에게 집중된 화려한 스포트라이트(?) 뒤에서
묵묵히 그리고 열심히 애써준 달팽이 영감,
험난하지만 행복한 이 여정을 끝까지 함께하는
세상의 모든 남편 또는 아빠들에게
이 책의 첫 페이지를 드립니다.

차례

◆ 3권에서 더 재미있게 만나요!

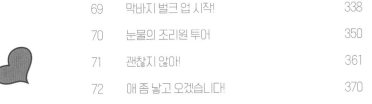

과정은 매우 얄미웠지만
스스로 임산부 체험을 해보겠다 나선 달팽이 영감.
과연 2박3일을 잘 버틸 수 있을까요?
달팽이 영감의 지인들은 임산부 체험을 어떻게 생각할까요?
다사다난했던 임산부 체험기를 풀어보겠습니다.

임신 전부터 달팽이 영감에게 입버릇처럼 말하던 것이 있습니다.
그것은 바로 "임산부 체험"

6.5kg의 가슴, 배
보형물을 죠끼처럼 입고
2박3일간 일상생활을 하면서
임산부의 고통을 직접 느껴보는
체험이에요.

처음에는 다정하기로 소문난 달팽이 영감도 조금은 부정적인 반응을 보이더군요.

내가 임산부 체험을 권한 이유는... 우리는 어디서도 임신의 고통에 대해 배운 적이 없기 때문이야.

다들 약속이나 한 듯 아름다운 얘기만 하지.

임신은 축복이다. 배 나온 거. 살찌는 거 전부 당연한 거고, 9개월만 잘 버티면 애기가 뿅 나온다. 그럼 만사 OK~ 행복하게 잘 살고 있습니다. 그런 얘기만 들어왔잖아.

기미, 목주름이 잔뜩 생기고, 겨드랑이 변색되고 기분이 롤러코스터를 타는 건 배운 적 없어.

헉헉

임신하면 배 나오는 건 누구나 알지만 무게중심이 쏠려 허리, 등이 찢어질 듯 아픈 건 아무도 말 안 해줬어. 누울 때 배에 짓눌려 숨이 턱턱 막히는 거, 뼈마디마다 늘어나는 거, 화도 서면 꼬리뼈가 부서지게 아플 거.. 나도 겪어보기 전엔 몰랐던 것들을 오빠가 어떻게 다 안다고 말할 수 있어?

며칠 뒤

21

시간이 흐를수록 힘들어하는 양자 씨를 보다 못해 좀 더 제대로 돕고 싶다며
달팽이 영감이 먼저 임산부 체험을 해보겠다 나섰어요.

남편들이여 - 임산부 체험복은
여자들이 물귀신 심보로 만든 게 아니에요.
일단 한번 해봅시다.

오빠야?
난 최선을 다했다.
봐주지 않을거야.

코앞으로 다가온 임산부 체험! 너무나 수줍은 성격의 달팽이 영감을 배려하느라 약속이 없는 주말을 골라 추가 요금까지 내고 예약했쥬.

그런데 운명은 달팽이 영감 편이 아닌가 봐요.

수요일

금요일

결국 달팽이 영감은 주말 내내 체험복을 입은 채로 사람 바글바글한 장소만 골라가며 동분서주하게 되었답니다.

망했어,
다 망했어...ㅇ

본인이 생각하고, 본인이 결정한 것을
불쌍하다, 유별나고, 민폐다 주변에서 떠들어대니
꽃잎보다 여린 달팽이 영감의 마음에
한바탕 폭풍이 휘몰아쳤답니다.
당신들 남편이 안 한 것을 우리 남편이 한다고 해서
우리 남편이, 내가 유별난 사람인 건 아니라구요.

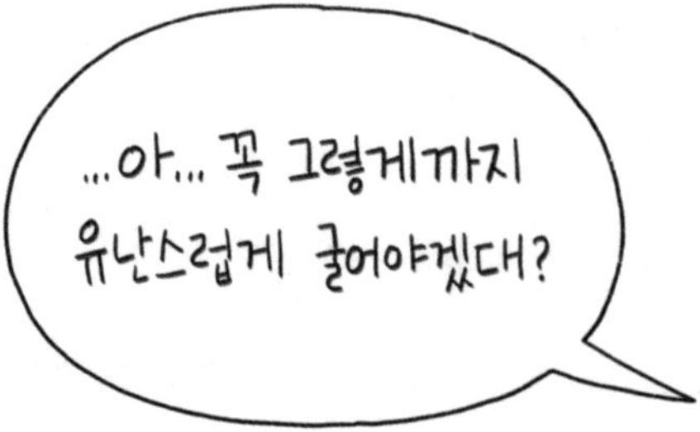
…아… 꼭 그렇게까지
유난스럽게 굴어야겠대?

자기야. 사실은 모임에서... 이럴고 저렬고.. 그래서 자기가 욕먹을까 봐 결혼식엔 체험복 안 입고 가는 게...

그러니까 지금, 나를 별종 취급한 사람들 앞에서는 한마디도 못하고, 진짜로 내가 이상한 건지 아닌지를 고민하고 있었던 거야?

임산부 체험 04

결국……,
진짜 임산부인 양자 씨가
입덧해가며 라면 끓여 대접하고
입덧 방지용 간식들은 죄다 영감에게 빼앗기고
종종거리며 빨래를 널고
리모컨을 대령하고
군밤을 까드리고
……오빠?
지금 뭐 하자는 거야……?

체험하기도 전부터 온갖 신경전이 오갔던 임산부 체험복이 드디어
도착했습니다.

이유는 모르겠지만
한 눈에 확 띄는
초오오록색!!

체험에 구애받지
않도록 벨크로 타입!!

임신하면 배만
커지는게 아니쥬?
어깨통증에 한몫하는
무거운 가슴

체험복을 잘 잡아줄
고정 집게
(집게 없이도 고정이
잘 되었습니다.)

태동과 방광이 눌리는
느낌을 더해줄
실리콘 조형물

앞

뒤

처음엔 아주 호기롭게 도전한 달팽이 영감

1시간 후

자기야, 저 밑에
위생봉투 좀 꺼내줄래?

허리 아파서
몸을 못숙이겠어어

알겠또

3시간 후

체험복을 입더니 갑자기 아픈 곳도
먹고 싶은 것도 많아지는 달팽이 영감입니다.

"아내분 진짜 좋으시겠다."
"나 때는 이런 거 있는지도 몰랐는데 요즘 여자들은 복 받았네."
"이런 남편이 어딨어, 너무 멋있다~"
"남자가 이런 거 해주는 거 쉽지 않아요. 남편한테 고마워하세요."
"남편이 진짜 다정하네."
"보통은 이런 거 안 해주는데 남편 진짜 최고네."
"남자가 창피함 무릅쓰고 이런 거 해주는 건 진짜 대단한 거예요.
 아내분이 그걸 꼭 아셔야 돼."

좋은 마음으로 하는 말인 건 알지만 제 상식에선 이해되지 않는
말들이 너무 많았어요. 남편에게 가졌던 고마운 마음마저
사라질 것만 같은 날이었습니다.

드디어 토요일 아침이 밝았습니다. 제일 먼저 결혼식장 무난히 클리어.

※식장 안에는 입고 들어가지도 않았는데 식사 자리에서
달팽이의 체형복을 두고 맹렬한 찬반론이 펼쳐짐.

일요일, 대망의 광화문 한복판 플리마켓에서 귀까지 빨개진 달팽이 영감.
과연 달팽이는 잘 버텨낼 수 있을까요?

시간이 흐를수록 슬슬 시선을 즐기는 달팽이 영감입니다.

그날 밤, 드디어 2박 3일의 험난한(?) 체험이 끝났습니다.

자꾸 잔심부름 시켜서 짜증나긴 했지만. 오빠같은 수줍음쟁이가 주말 내내 고군분투 해 준거 너무 고마웠어.

그리고 좀... 씁쓸하기도 해.

사람들이 나더러 보기드문 남편 만났다. 남편한테 잘해라. 복받은 줄 알아라 하더라. 좋은 뜻인 건 아는데.. 남자들은 고작 3일 체험하는 것 만으로도 그렇게 칭찬받는 일이, 10개월을 고생하고도 출산, 육아 까지 해내는 여자들한테는 그저 당연한 걸로 치부되는 게 좀... 허탈했어.

나는야 달팽이

아니이-
지금도 달팽이인데 왜 굳이 달팽이 흉내를 낸다고 더 느릿느릿해?
내로남불: 남의 눈엔 귀여운 것이 내게는 열통 터지는 것일 수 있다.
저희 마미가 파파 얘기 하시면서 늘 하시는 말씀입니다.

안 그래도 늘려 터져서 스트레스 받으면 안 되는 임산부 속 터지게 하는데 요즘 들어 자꾸만 달팽이 흉내를 내서 아주 얼음물을 들이키지 않고서는 못 견디겠어요.

우훗, 사랑들이 나 귀엽대♡

달팽이 영감은 또오 댓글 확인 중
(오빠야, 안 자니?)

서운한데 잠이 오네

다른 때 같으면 단단히 삐쳐서
밤새도록 눈물 콧물 찍으며 최악의 상상 마당을 펼쳤을 텐데,
임산부는 잠이 쏟아져서 삐칠 시간이 없어요.
본의 아니게 너그러워진 양자 씨 :)

5년 가까이 앓던 불면증이 임신 후 호전되면서 잠이 부쩍 늘었어요.
안 그래도 수다쟁이인 양자 씨인데 잘 자고 기분이 좋으니 수다 에너지가
수직 상승 중이에요.

웃흥- 이어서
4시간이나 잤더니
피부가 밝아지는구만.

어이쿠. 눈부셔

온종일 수다를 떨어도 부족한 양자 씨를 위해 매일 밤 늦게까지
이야기를 들어주는 달팽이 영감이지만.

그 날은 너무 피곤하다며 일찍 잘 것을 요구하더라구요.

아 진짜 엄청 서운해서 돌아누워 코 끝에 눈물을 막 모으다가...

하. 진짜 너무해!!
나는 온종일 집에서 자기만 기다리는데!!

다시는 오빠랑... 얘기 안 할 거...o...
나 진짜 너무... 서운ㅎ...

...서운... 서우...ㄴ ......드르릉

2019년 가을 코로나19가 생기기 전의 여행이었습니다.
지금쯤, 딸기와 함께 다시 찾을 계획이었는데
요놈의 코로나가 꼼짝을 못하게 하네요 :(

몸이 너무 무거워지기 전에 남들 다 간다는 그 태교 여행을 저도
한번 계획해 봅니다.

따뜻하지만 진빠지게 덥지 않고

맛있는 거 많고
(특히 달콤한거)

어디든 걸어다닐 만큼 가깝고

임산부니까 병원도 가까워야 하고

아기 없이 마지막 여행이니
비행기 타고 멀리멀리!!

그리고 뜨뜻한 물에서
수영하고 싶어

며칠 후

그렇게 우리의 태교 여행지는

블라디보스토크로 정했습니다. 다녀올게유~

트리가 반짝반짝 켜지는 장면에서 가슴이 콩닥콩닥 설레었는데,
그 순간 딸기도 갑자기 발을 도도도도 구르는게 아니겠어요?
왼쪽 끝에서 오른쪽으로 토도도도도-
진짜 내 심장 녹아서 사라지는 줄 알았답니다 :)

블라디보스토크 여행의 첫 일정은 양자 씨가 너무나 좋아하는 발레 공연을 보러 가는 것!

가장 좋아하는 장면에서 흥분한 양자 씨가 작게 탄성을 질렀는데 그와 동시에 딸기가 한번도 못느꼈던 토도도도- 하는 태동을 하는 거예요!!

딸기야, 재밌어?
엄마가 느끼는 감동이 너에게도 전해진 거야?

사실. 말로만 들었지 긴가민가 했었는데
진짜로 엄마의 감정을 아기도 고스란히 느끼나봐요!!

세상에나 ——

지금 생각해보면 너무 아찔한 행동이었어요.
아무리 노는게 좋아도 너무 무리하지 말고
아가를 위해 살살 놀다 옵시다, 여러분.

태교 여행은 보통 맛있는 거 먹으면서   느긋하게 쉬다가들 오쥬.

하지만 몽둥이가 깃털인 양자 씨에게는
태교 여행도 예외가 없어요.

아기가 생기면 당분간은 여행이 쉽지 않을 거란 생각에 더 열심히 다녔더니 오후부터는 밑이 빠질듯이 아프고 몸도 무겁더라구요ㅇ

첫째날

결국 나일 내내 하루 2만 보씩 걸으며
신나게 돌아다니다가

밤마다 뭉친 배를 부여잡고 기다시피
들어와 뻗어버리기를 반복했어유.

둘째날

여행 내내 잘 버텨준 딸기야.
엄마가 너무 활동적이라 미안미안해ㅇ
그래도 나, 좋아하는 범퍼카도 참았단 말이야.
잉힝~

맞지, 딸기야?
엄마가 신나야 너도 신이 나지? 그치?

이번 여행에서 두 번째로 엄청 기대했던 서커스!!

한창 신나게 공연을 즐기던 중 광대들이 다가와 양자 씨의 손을 잡아끌지 않겠어유?

111

처음엔 작은 훌라후프를 건네며 해 보라기에 가볍게 성공!!

이 정도는
가뿐하지

잠시 고민했지만 승부욕 발동한 양자 씨가 이 재밌는 걸
그냥 넘어갈 수는 없잖아유?

자리에 돌아오니 신이 난 딸기가 뱃속에서 팡파레를 울렸답니다 ㅎㅎㅎ

자기야. 그래도 담부턴 제발 조심하자아- 나 진짜 식겁했어!

알겠어. 이제 진짜진짜 얌전히 다닐게. 근데 나 되게 잘하지 않았니. 오빠야?

어어어어!! 자기 진짜 잘하긴 하더라. 나 순간 걱정도 잊고 기립 박수 쳤잖아!

딸기 말이야. 신나서 폭풍 태통하는 거 보니 나 닮은 꾸러기가 분명해 ㅋㅋㅋㅋ

각오해라. 달팽이

어휴. 난 죽었네 ㅋㅋㅋ

누가 임신하면 마음껏 먹는다 했어요?
다 나와!

태교 여행의 꽃은 먹방이쥬!! 작은 동네에 맛집이 옹기종기 모여있는
블라디보스토크는 식탐 여왕 양자 씨에게 완전 파라다이스예요 ㅎㅎ

블린

수제버거

곰새우

소금
초콜릿

힌칼리

에끌레어

킹크랩

샤슬릭

다음 날

123

그 다음 날

임신 28주까지 입덧약을 복용할 정도로 입덧이 심했던 양자 씨

이제야 조금 먹나 했더니. 그새 커버린 딸기에게
자리를 빼앗겨서 이래저래 못먹겠다아아아아—

yummy

세상에 나랑 나뿐이다

임신하고서 우울증이 싹 사라졌다는 얘기를
주변에서 종종 들었어요.
제 경우, 임신이 더없이 기쁘지만 그렇다고 해서
앓던 우울증이 호전되지는 않았어요.
하지만 나의 모든 것을 온전히 교감하는
작은 생명체가 주는 위로는 대단히 힘이 되네요.
내가 엄만데, 오히려 더 위로 받고 사랑받는 기분 :)

임신 전부터 앓던 우울증이 다시 심해진 양자 씨.

전에는 세상에 오직 나 혼자 버려진 기분이었는데

언젠가부터 나도 모르게 배를 쓰다듬으며 딸기에게 하소연하고 있더라구요.

처음엔 내 안의 아이가 실감도 안 나고 아기와 나는 별개라고 생각했는데

어느새 요 작은 생명체와 한 팀이 돼서 몸도 마음도 공유하고 있네유.

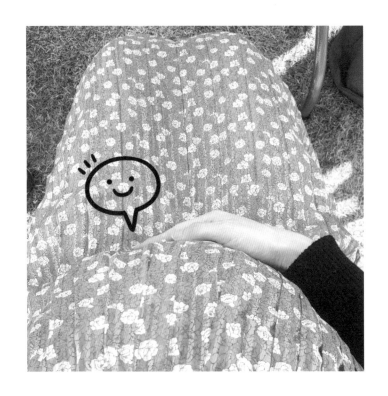

내게 아기는 안 생길 줄 알았던 지난 몇 년.
지인 아기들 백일, 돌 선물을 살 때마다
집에 돌아와 베개를 펑펑 적셨는데
서럽고 부럽던 5년의 날들이여 안녕-
이제 나도 우리 아기 거 맘 놓고 산다아아아아아
야호!

달팽이 영감 회사 근처에 너무나 귀여운 아기 옷 매장이 있어요.

몇 년을 울면서 지나치던 매장에 드디어 아기 옷을 구입하러 들어갔습니다. 오예~

한참을 고민한 끝에 간신히 옷을 사들고 가게를 나서는데

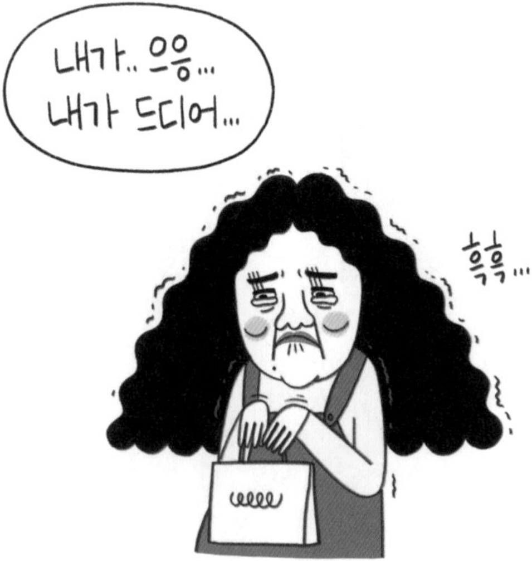
내가.. 으응...
내가 드디어...
흑흑...

수많은 감정이 뒤섞여 펑펑 눈물이 나더라구요

정리를 해보면

★금융 상품 호객 행위가 심하고
★브랜드는 엄청 많은데 내가 찾는 건 꼭 없고
★저렴한 물건은 대부분 묶음 상품이고(최종 금액이 올라감)
★온라인 최저가랑 별 차이 없고
★원하는 걸 정해서 오지 않으면 쓸 데 없는 지출이 많이 생긴다.

그리고
일단 '임부용', '아기용'은 품질 대비 뭐든지 비싸다!
품질도 별로인데 비싸다. 쓸 만한 건 되게 비싸다.
진짜 좋은 아기용품은 되게되게되게 비싸다.
그냥 아기용품이 대체 뭐가 있나 하고 구경 삼아 한 번쯤 가보는 건 추천이유. :)

더 이상은 출산 준비를 미룰 수 없어서 베이비 페어를 찾았습니다.

입 구

우리 여기 다 보려면 한참 걸리겠다.

그래서 내가 지도에 관심 있는 브랜드만 다 표시해뒀어. 여기만 쏙쏙 찾아다니면..

처음 가 본 베이비 페어는 정신이 쏙 빠지게 바글바글했어요.

뭐가 많은 만큼 필요치 않은 것들도 자꾸만 발걸음을 붙잡네요.

그리고 무엇보다 별로였던 건...

원하는 것만 골라서 구입할 수 있는 경우는 많지 않고

생각보다 저렴하지 않더라구요.

결국 다 둘러보기도 전에 진이 빠져서 체온계 하나 달랑 사들고 도망치듯 나왔네유.

발톱 깎는 날

그동안 양자 씨에게 받은 설움을 차곡차곡 모아뒀다가
발톱 깎는 날마다 복수하는 달팽이 영감.
겁나서 발버둥치는 양자 씨를 보며 몹시 즐거워해요.
그래, 마음껏 즐기렴.
몇 달 안 남았다.

배가 점점 많이 나오기 시작해서 스스로 발톱 깎기가 어려웠어요.

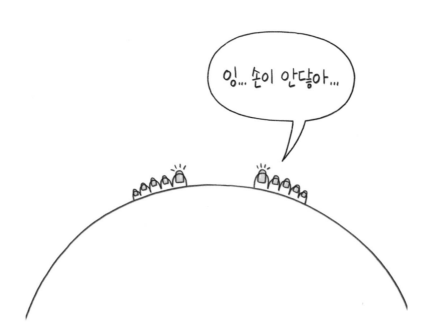

발톱 깎는 날 = 여눌렸던 달팽이가
폭주하는 날

임신하고 첫 딸기는 반드시 남편이 사줬으면 했다고!
왜 그랬어?
응? 왜 안 사줬어?

여기, 무심하고 무심하며 무심한 달팽이 영감을 고발합니다.

여름부터 너무나 딸기가 먹고 싶어서 딸기 타령을 했지만 가을이 깊도록 한 번도 구해다주지 않은 달팽이 영감.

며칠 후

그 이후로도 9월, 10월, 11월이 될 때까지... 아예 딸기를 구하려는 노력조차 안 하더라니까요!

며칠 후 친언니에게서 전화가 왔어요.

그 날 밤

고쟁이 바지

개월 수에 비해 배가 작은 편이라
임부복은 줄줄 흘러내리고
일반 바지는 꽉 껴서 불편할 때
고쟁이 바지가 최고입니데이!

엄마네 집

그날 밤

딸기맛이

마미는 언제나 긍정 여사 :)

뭐든지 긍정적으로 생각하게 해주는
마미의 작은 마법 :-)

머리를 잘랐습니다

길렀을 때 예쁜 머리를 해달라고 부탁드렸는데
그렇게 해주셨어요.
1년을 기르고 기르니까 예뻐지더라구요.
너무 오래기다렸… 하… 1년간은 계속 버섯……… 휴….

임신 전부터 오랫동안 고수해왔던 긴머리 히피펌

만삭에 머리 감기도 너무 불편하고 머리숱이 너무 많아 허리도
아프길래 싹뚝 잘라버리기로 했어요.

삼각김밥 면하려다 버섯이 돼버렸네?

만삭 촬영

각자 선택의 기준이 다른 건데
성장 앨범 안 한다고 말했다가 졸지에
낳기만 하고 부모의 의무는 저버린
이상한 부모가 된 날이었습니다.

산후 조리원 계약 후 연계 업체에서 진행하는 무료 만삭 사진 촬영을 안내받았습니다.

예약된 날짜에 진행된 만삭 촬영은 순조로웠어요. 모두 친절히
대해주셔서 신나게 찍었쥬.

문제는 완성본을 보기 직전부터! 양자 씨가 환복하러 간 사이에 갑자기 달팽이 영감을 부르시더라구요.

원본 사진들을 보고난 후 시작된 눈살 찌푸려지는 영업.

저희는 오늘 촬영한 원본만 구입할게요.

패키지 상품 구성
A세트(프리미엄 올 패키지)

B세트

어머님~ 성장 앨범은 어차피 하실 텐데 오늘, 지금, 이 자리에서 계약하셔야 이렇게 많이 할인받아요. 나중에 오시면 전~부 제값 주고 하셔야 해요.

나중에 제값 주고 해도 되고 성장 앨범 자체를 찍어 줄 생각이 없어서요.

흐음... 어머니, 저희 아들이 지금 24살인데요. 어릴 땐 관심 없더니 이번에 집에 여친을 데려와서 자기 아기 때 사진을 보여주더라구요. 분위기가 얼마나 화기애애 했는지 몰라요~ ㅎㅎㅎㅎㅎㅎ

애들이 어릴 땐 몰라요. 다 커서 "엄마, 왜 나는 사진이 없어?" 하면 그때 가서 부모는 할 말이 없는 거죠.

아. 성장 앨범으로 안 해도 때마다 사진은 많이 찍어주죠.

어휴- 어머니~
요즘 셀프로 찍어준다고 했다가
뒤늦게 땅 치고 후회하는 부모들
많아요~

나중에 어린이집 가면
아기 때 사진 가져오라고 해요.
다른 애들은 전부 전문가가 예쁘게 찍어
준 거 들고 오는데 내 자식만 폰으로 대충
찍은 사진 가져간다 생각해 보세요.
너무 미안하고 맘 아프죠?

아뇨, 때마다 전문가에게
맡길 건데 한꺼번에 결정 짓기가
싫은 거예요. 암튼 성장 앨범은
계약 안 할게요.

성장 앨범 안 해주는 게 부모로써
의무를 다 하지 않는다는 건 말도 안 되구요.
제가 원할 때 제값주고 찍을 능력 되구요.
스튜디오 촬영 하고 와서 감기 걸리는
아가들 수두룩 해요.
어린 아기가 사진찍는걸 힘들어 할 수도
있는데 저 만족하자고 이리저리
데리고 다니며 찍는 게 싫구요.

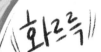

화르륵

오늘은 만삭 사진 찍으러
온 거고, 이것도 무료 아니고
원본 값 지불하고 가져가는
거잖아요? 제가 1시간
넘도록 매정한 부모 소리 들으며
영업 당할 이유가 없다고 생각
하는데요? 그죠?

어머..
그게...
저희는..

앗..

밤새 허리 통증과 태동에 시달리다 간신히 잠들랑 말랑 할 때
달팽이 영감 알람 소리에 잠이 깨요.
달팽이 영감은 안 깨고 나만 깨요.
10분 후에 알람이 또 울리면 또 나만 깨고,
이걸 다섯 번 반복하고도 양자 씨가 깨워서 일어나서는
잠들만 하면 또 분리 수거로 부스럭부스럭.
진짜 너무 시끄러운데 자기만 모르는 달팽이 영감!

출근길에 분리 수거 쓰레기를 가지고 나가는 달팽이 영감.
새벽마다 한참 동안 부스럭대는 소리에 매번 잠이 깨버려요.

부스럭 부스럭
부스럭
부스럭

에잉. 새벽에
간신히 잠들었는데ㅇ

다시 불면증 도진 임산부

다음날 아침

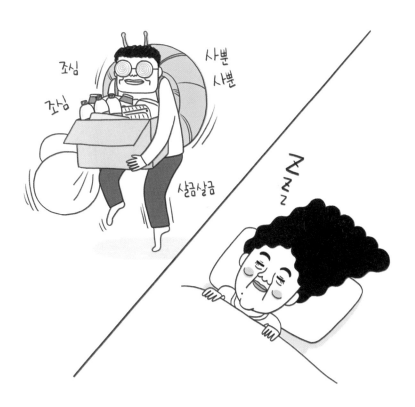

33주 5일 정기 검진 날.
체중 늘리는 게 이렇게나 중요한 일이었다니······.
하지만 난 할 수 있다!
딸기도 나도 포동포동 보기 좋게 살찌고 말 거야!

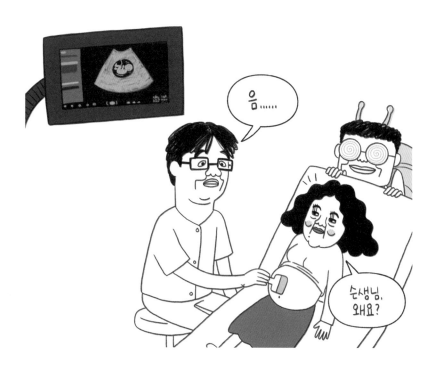

억지로 먹는 것, 쉬는 것도 힘들어 죽겠지만
진짜 힘든 건 따로 있었다!
달팽이가 괜히 달팽이가 아니었어요.
느리고 질문 많고 우당탕 엎지르고
그러면서 나더러 쉬래.
제발 좀 쉬래. 하…….
제발 좀 쉬게 해줘!

본격적으로 딸기를 위한 "벌크 업 프로젝트"에 돌입했습니다.

첫번째는, 실컷 먹기!

하지만 원래부터 뱃고래가 작은 양자 씨에게는 너무나 힘든 일이에요.

두 번째는 무조건 자기!

만성 위염 환자인 양자 씨. 식후 바로 누우면 정말이지 괴롭답니다o

그리고 진짜 제일 힘든 것 하나...

말은 이렇게 하면서

결국 날 움직이게 하는 애. 얘 때문에 제일 힘들어요!

나 정말 일 할 수 있는데…….

걱정하시는 분들 마음도 이해가 가고
계약까지 다 했다가 파기 당한 내 마음도 울적하고
벌써부터 이러면 출산 후에는 더욱 일하기 힘들어질까봐
겁도 나고…….
잠이 오지 않는 밤입니다.

임산부지만 여전히 바쁘게 일하고 여기저기 잘도 다니는 양자 씨

마침 재밌을 것 같은 일이 들어왔네유.

며칠 후

지난 번과
다른 회사

어머, 안녕하세요.
작업이요? 네네, 저 일정
괜찮아요. 미팅이요? 가능하죠!
그럼 수요일에 봐요!

작가님- 어제 디자이너들이랑
상의했는데.. 아무래도 만삭이시라...
저희가 수정도 많고 해서 임신한 분과
진행하기 부담스럽다고들 해서요...
죄송해요. 꼭 같이 하고 싶었는데...

오잉? 전 괜찮은데요!
수정 많은 거 다 알고 있고
일정도 충분히 가능해요.

하하.. 근데 저희 직원
들이 안 괜찮아해서요...0 다들
아기 엄마들이라 임신이 얼마나
힘든지 아니까 더 못하겠대요.

... 네에.....

며칠 후
또 다른 곳
작가님- 다다음 주부터 일정 가능하세요?
어머 안녕하세요~ 일정은 가능.....한데...
근데 저 다다음달에 출산...인데... 전 진짜 괜찮지만 혹시 부담스러우시면...
이 쯤 되니 왠지 밝혀야 할 것 같은 느낌적인 느낌
다다음 달이요? 어머~ 축하드려요! 음... 그럼 이번 일은 혹시 모르니까 하지 마시고 아기 낳고 연락 주시면 그 때 다시 원고 드릴게요.
...네.....
양무룩...

딸기를 먹다먹다 너무 많이 먹느라
우리 '딸기'까지 먹어버린 꿈.
악몽 중의 악몽.
나더러 살인자라고 엉엉 울더라니까요.

나는 그저 힘드네

아니 진짜 나만 이렇게 힘들어요?
조금 설레기도 하지만,
난 일단 너무 힘들던데······.

아기 옷과 물품들을 세탁하기 시작했습니다.

쿨시트랑
침구도!

남들은 다 설레고 기쁜 마음으로 한다는데

나는 왜 이렇게 다 힘들기만 하지?

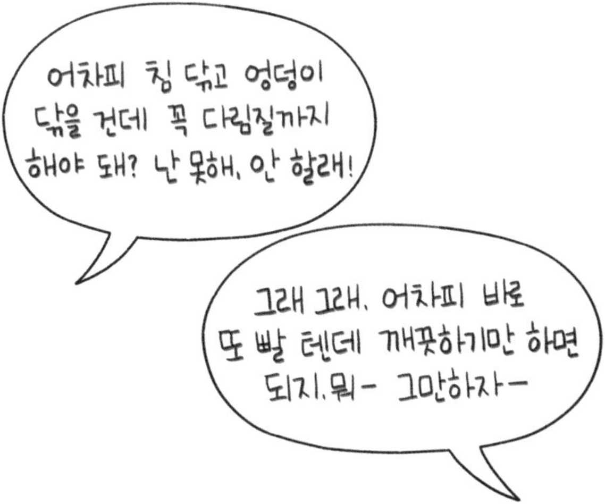
어차피 침 닦고 엉덩이
닦을 건데 꼭 다림질까지
해야 돼? 난 못해. 안 할래!
그래 그래. 어차피 바로
또 빨 텐데 깨끗하기만 하면
되지. 뭐- 그만하자-

남들은 빨래하면서 너무 설레고, 귀엽고, 행복하다던데
왜 나는 그저 힘들고 귀찮아서 다 때려치고 싶은 걸까요?
나만 힘든 거 아니죠? 나만 안 설레는 거 아니죠?
나처럼 다 귀찮은 사람도 있다고 해줘유!

배려 깊게 건네는 따뜻한 말 한마디

여러분은 어떤 경험이 있나요?

불편하긴 한데 뒤뚱뒤뚱대는 제 모습이
웃음날 때도 많아요 ㅋㅋㅋㅋ

하나부터 열까지, 다 나 위해서 얘기하는 거 잘 알아요.
그런데 날 위한다고 해서 내 생활 방식, 육아 방식을
마음대로 평가해도 되는 건 아니지 않나요?
그냥 내가 알아서, 나한테 맞는 방식으로 잘 해볼게요.
좀 믿어봐요.

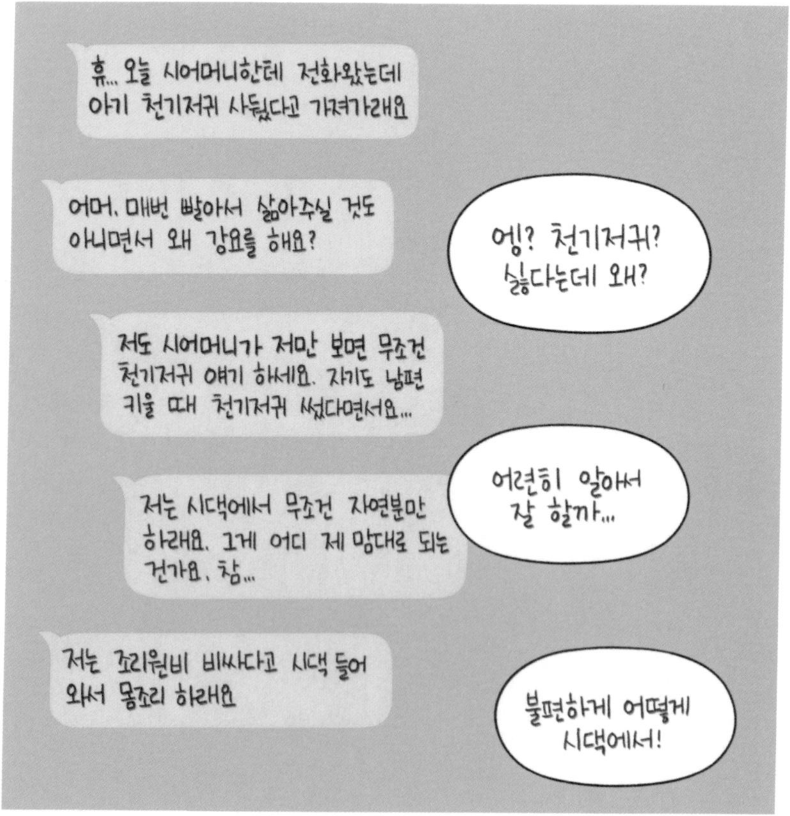
휴... 오늘 시어머니한테 전화왔는데 아기 천기저귀 사뒀다고 가져가래요
어머. 매번 빨아서 삶아주실 것도 아니면서 왜 강요를 해요?
엉? 천기저귀? 싫다는데 왜?
저도 시어머니가 저만 보면 무조건 천기저귀 얘기 하세요. 자기도 남편 키울 때 천기저귀 썼다면서요...
어련히 알아서 잘 할까...
저는 시댁에서 무조건 자연분만 하래요. 그게 어디 제 맘대로 되는 건가요. 참...
저는 조리원비 비싸다고 시댁 들어와서 몸조리 하래요
불편하게 어떻게 시댁에서!

여러분? 좋은 뜻인 건 충분히 알겠는데요...
그냥 내가 알아서 할게요.

언제나 설레기만 하던 여행 가방이
이제는 공포의 출산 가방이 되다니!
하나하나 라벨링 하며 꼼꼼히 싸다보면
어느새 등골이 서늘해진답니다!

먼저 입원 준비물!

소중한 초유를 담아
아기에게 전해줄
모유 저장 팩

장시간 진통 → 땀범벅,
→ 열꽃에 다 달라붙음
헤어밴드, 고무줄은 필수!

혹시라도
병원에서 머리를
감고 싶다면

건조한 병원,
조리원 공기로부터
내 피부를 지켜줄
가습기

500ml

제왕 절개라면 누워서
꼼짝 못할 테니 가벼운 용량의
생수와 주름 빨대, 종이컵

가글

당연히 양치도
못하니 가그린!

몇시간을 진통하다 보면
입술이 쫙쫙 갈라져
피가 나지요

편하게 신을
개인 슬리퍼

개인 수건, 휴지, 수분크림...

그 다음은 조리원 준비물!

유리손목을
지켜줄
손목 보호대

수유브라, 수유나시

수유내복

오로도 묻고, 세탁이 불편하니
일회용 팬티 여러장

산후풍이여 물렀거라!
출산 후 부종이 심하므로
자국 안 나는 수면양말

청결함을 담당해 줄
수유패드, 오버나이트 생리대
(산모패드는 병원에서 구입)

출산 했다고
방심말자!
튼살 크림도
필수품

CLAXXXX

초유가 팡팡 나오게
도와줄 루이보스티

출산 후에도 꼭 챙기자!
각종 영양제

아이패드

자기 조리원 프로그램
안 들을 거라며! 그럼 아이패드
챙겨가서 영화라도 봐.

콘센트 멀면 불편하잖아.
보조 배터리

휴대용 거치대

각종 충전기

오 좋다!
챙겨챙겨! 좀 회복되면
<분노의 임신일기>도 그리고...
충전기도 챙겨야지!

이 때만 해도
2~3일이면
쌩쌩해질 줄
알았쥬

아기 준비물

신생아면봉 & 거즈수건 10~20장

손싸개 & 양말

모자

배냇가운
or
배냇저고리

겉싸개

속싸개

병원에서 쓰는 기저귀가
안 맞을 경우를 대비하라!
여기저기서 받아둔
기저귀 샘플들

D+ 0 0 1

기념 사진을 위해 디데이 달력

여행갈 때는 설레기만 하던 가방이
지금은 그 어떤 공포 영화보다 무섭다!

갑자기 대학병원으로 이전하게 되면
완벽에 완벽을 외치며 여름부터 애써온 출산 준비가
물거품이 되어버려요.
출산은 한 달 밖에 안 남았고,
5개월 전 새벽같이 방문해 예약해둔 병원 연계 조리원은
해당 병원에서 출산하지 않으면 예약 취소가 되고,
이제 와서 다른 조리원을 알아보니
괜찮은 곳은 이미 4~5개월 전부터 예약 마감이고,
출산이라는 무시무시하고 엄청난 일을 8개월간 같이 준비한
의사 선생님과도 갑자기 작별해야 하고,
정들 새도 없이 낯선 선생님께 내 몸을 맡겨야 하는 상황.
아가야 제발 300g만 좀 자라줘.
괜찮아, 괜찮아. 괜찮아!
하루 종일 주문처럼 외고 있는데
나 진짜 괜찮을까요?

305

열심히 열심히 먹고 쉬는데도 아이가 너무 작다고 하니
화가 나서 '깨순이'라고 몇 번 불렀더니만,
작아지고 작아져서 딸기에 붙은 깨(씨앗)로 태어난 딸기.
에그머니나! 깨순이라고 부른 거 취소다, 취소!

그 날 밤

엄마가 되면 더 강하게 돼 있어

어떻게 키우나 싶어도 막상 아기가 태어나면
초인적인 힘이 나온다.
아무리 좋아하는 음식도 내 자식 입으로 다 넣어주게 된다.
다 맞는 말이긴 한데,
그래도 나는유,
젖먹던 힘까지 쥐어짜기보다는
완벽하지 않더라도 덜 힘든 육아를 선택할래유.
이런 엄마도 있쥬?

출산이 가까워질수록 육아 선배들에게 가장 많이 듣는 말

밤에는 분리 수면, 분유 수유(달팽이와 번갈아가며)해서 10분이라도 더 잘 거고.

딸기가 유아차에서 잠들면 깰 때까지 그냥 거기 둘래.
(침대로 옮기다 잠이 깨버리면 딸기도 기분이 좋지 않을걸?)

이유식은 내가 하는 것보다 더 균형 잡히고
다양한 식단으로 주문해서 먹일 거고

연두부 무죽
두부 적채죽   단호박 찹쌀죽   쇠고기 애호박죽
쇠고기 사과죽   고구마 청경채   쇠고기 비트죽
단호박 청경채죽   현미 밤죽   양송이 브로콜리
연두부 배죽
찹쌀 당근죽   닭살 버섯죽
혹미 감자죽   대구살 양배추죽
수수 배죽   닭살 사과죽
                                          쇠고기 밤죽
                                          돼지호박 닭죽
                                          한우 불고기죽
                                          팽이버섯 치즈

아기가 배고프다 울어대도 허둥대지 않고 "기다리자"라고 말해줄래.

ㅋㅋㅋㅋㅋ 역시 넌 매정한 엄마야ㅋㅋ

막상 애 낳아봐라. 그게 되나ㅋㅋㅋ

태어나지도 않았는데 네 애기 불쌍해.

무조건 애가 먼저지. 무슨 애 엄마가 그래? ㅋㅋㅋㅋㅋㅋ

안 그럴 것 같았는데 이제 보니 너 진짜 냉랭하네.

그래, 때가 되면 다 하긴 하겠지만
그냥 조금 덜 힘들게 키우면 안 되는 거야?
그렇게 꼭 초인적인 마지막 힘까지
짜내야만 잘하는 육아일까?

329

작지만 강하다

37주 딸기 체중 1.9kg
평균 아기들의 3분의 2정도 크기도 안 되지만
파워만큼은 최고인 딸기.
아기가 너무 건강한데다 주수를 다 채우는 것도 중요하다고 하셔서
이틀에 한 번으로 진료 일을 늘리고 계속 지켜보기로 했어요.

평소엔 하루 종일 활발히 발차기를 하던 딸기가 그날 따라 너무나 조용한 거예요.

335

몸에 좋은 것들로만 식단 짜서 먹으면야 더 좋겠지만
먹는 것 자체가 힘들었던 양자 씨는
뭐라도 입에 들어가는 건 닥치는 대로 먹었어요.
드라마틱한 효과는 없었지만 덕분에 거의 자라지 않던 딸기가
2kg대로 진입하는 데 성공했답니다! 오예-

양자 씨처럼 산모도 아기도
너무나 살이 안 찌는 분들을 위해
양자 씨의 벌크 업 식단을
공유하겠습니다.

아침

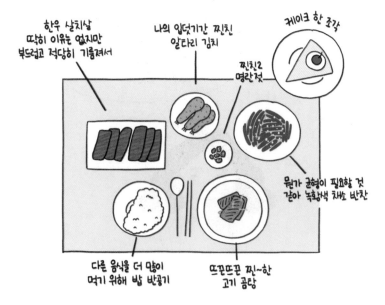

한우 살치살
딱히 이유는 없지만
부드럽고 적당히 기름져서

나의 입덧기간 찐친
알타리 김치

찐친2
명란젓

케이크 한 조각

뭔가 균형이 필요할 것
같아 녹황색 채소 반찬

다른 음식을 더 많이
먹기 위해 밥 반공기

뜨끈뜨끈 찐~한
고기 곰탕

점심 : 먹고 싶은 것 마음대로

음료는 무조건
휘핑크림 UPUP!

양자 씨가 좋아하는 맵고 짠 고칼로리 음식에
초콜릿, 쿠키로 디저트

저녁

건강에 좋지만은 않은 음식들도 포함되어 있지만 일단 벌크 업이 중요하다고 판단해서 먹을 수 있는 건 마구 먹었답니다.

나는 50Kg, 딸기는 2Kg 반드시 넘는다. 화이팅!

출산 당일까지도 체중은 49.6 kg

덕분에 38주 딸기의 체중은 간신히 2kg가 되었어요. 휴우우우우ㅡ

이것저것 따지지 말고
일단 먹읍시다!

안 좋은 일은 왜 항상 막판에 휘몰아치는 것인가?
조금이라도 더 먹고 쉬어야 할 시간에
종일 신경 쓰며 조리원 투어를 했더니 살이 더 빠진 것만 같다아아아!

37주 4일, 매번 지켜만 보다가 드디어 대략적인 출산 일이 정해졌습니다.

가장 먼저 방문한 곳은 이 지역 맘들 사이에서 마사지가 훌륭하다고
소문난 A산후 조리원

A. E. G 중 고민하다가 어제 A조리원 상담하고 왔어요.
A조리원 이용해보신 분들 어떠셨어요?

대글 8>

(이미지)
규모는 아담하지만 따뜻하고 마사지가 좋았어요.

(이미지)
관리사분들 다 너무 친절해요. 마사지가 특히 괜찮았어요.

(이미지)
마사지만 받고 혼자 조용히 쉬고 싶었는데 규모가 아담하고 조용해서 **좋음.**

(이미지)
아담하지만 있을 건 다 있고 마사지가 정말 훌륭해요.
마사지 받으러 또 가고 싶음.

깨끗하고 친절하지만 너무나 좁고 답답하다. 내부 온도가 너무 덥다 못해
뜨거움. 코가 따끔따끔…

두 번째 간 곳은 편히 쉬고 싶은 둘째맘들이 선호한다는 가성비 갑 B산후
조리원 다른 조리원에 비해 많이 저렴한 대신...

그 후로도 자리가 남아 있는 산후 조리원은 대부분 시설이 열악했습니다.

마지막으로 모유 수유, 매일 가슴 마사지, 럭셔리함을 내세운 C 산후 조리원

양자 씨가 원했던 특실은 아니었지만 다른 곳보다 월등히 쾌적하고,
오픈된 신생아실이 마음에 들어서 C산후 조리원으로 결정했습니다.

출산 날까지 2주 남짓 남았는데
그동안 별 일 없겠죠?
설마... 남은 2주는 순탄하겠지...
순탄할 거야.
:
순탄...할...까?

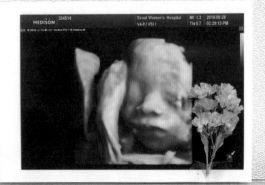

괜찮지 않아!

하나도 안 괜찮은데
옆에서 자꾸 괜찮아, 괜찮아만 하니까
"네가 낳는 거 아니라고 쉽게 말하냐!" 하고
때려주고 싶더라구요.
그런데, 뭐
괜찮을 거란 말 외에 더 무슨 말을 할 수 있겠어요.
이미 일은 벌어진 것을.

아주 오래전부터 양자 씨가 꿈꿔온 출산 계획이 있었어요.

완벽하게 샤워하고
때도 미리 박박 밀어두고
치카푸카 하고, 머리 세팅하고
가족 분만실에서
Non, Je Ne Regrette Rien을 들으며
아주 우아하게 출산해야지.
통증을 줄여 준다는 모든 주사를
다 맞고, 무조건 1인 병실에,
조리원은 적어도
3주 이상 머물 거야.
난 노산이니까!

그런데 출산 날이 가까워 오면서 하나씩 하나씩 무너지네요.

그렇게 출산을 일주일 남겨두고 또 다시 다른 대학병원으로 전원을 하게 되었답니다. 하지만…

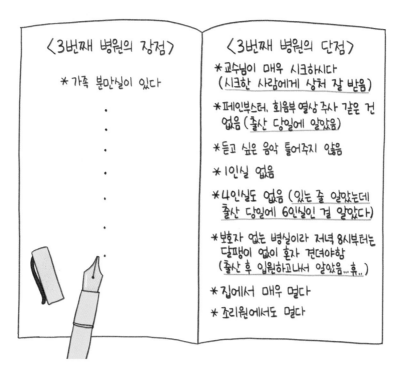

〈3번째 병원의 장점〉

＊ 가족 분만실이 있다

· · · · · · ·

〈3번째 병원의 단점〉

＊ 교수님이 매우 시크하시다
(시크한 사람에게 상처 잘 받음)

＊ 페인부스터, 회음부 열상 주사 같은 건
없음 (출산 당일에 알았음)

＊ 듣고 싶은 음악 틀어주지 않음

＊ 1인실 없음

＊ 4인실도 없음 (있는 줄 알았는데
출산 당일에 6인실인 걸 알았다)

＊ 보호자 없는 병실이라 저녁 8시부터는
달팽이 없이 혼자 견뎌야함
(출산 후 입원하고나서 알았음…휴..)

＊ 집에서 매우 멀다

＊ 조리원에서도 멀다

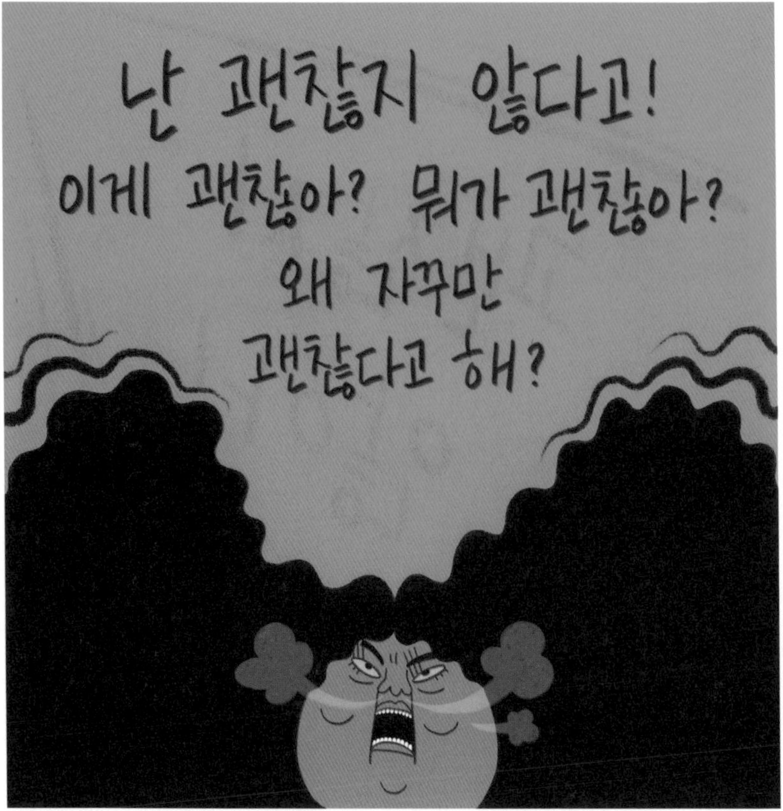
난 괜찮지 않다고!
이게 괜찮아? 뭐가 괜찮아?
왜 자꾸만
괜찮다고 해?

나... 무사히...
출산할 수 있을까요...?

진료 보러 왔다가 갑자기 입원하게 됐어요!
진료 끝나고 떡볶이 먹으러 가려고 했는데
이게 무슨 일이람?
완벽하게 세수하고 치카 하고 때 밀고 머리 세팅하고
Non, Je Ne Regrette Rien을 들으며 우아하게 출산하고 싶었는데
대학병원은 그런거 없다.
음악도 못 틀고,
회음부 열상 주사도 없고, 페인부스터도 없고,
1인실도 없다. 4인실도 없다. 하······.
보호자도 못들어간다······.
분노의 임신일기 소재가 듬뿍 쌓이는구나.
어쨌든!
애 좀 낳고 오겠습니다!
(딸기야 기다려라, 엄마가 간다!)

그저 한가로운 화요일이었습니다.
진료 끝나고 단골 떡볶이 집에 갈 생각에 들떠 있었죠.

그러나... 세상 일은 계획대로 돌아가지 않네요.

아무튼 저는...

애 좀 낳고 오겠습니다!

〈분노의 임신일기 3〉에서는요.
누구도 자세히 말해주지 않았던 스펙터클한 출산 과정,
인생의 전우들을 만나게 해준 조리원 생활,
산후 도우미 이모님과의 만남까지...
딸기의 등장으로 롤러코스터를 탄 듯
휘몰아치는 양자 씨네 세 식구의 나날들이 펼쳐집니다.

기대하시라! 두둥一

분노의 임신일기 02 애 좀 넣고 오겠습니다!

1쇄 펴낸날 2021년 10월 20일

지은이 양자윤

엮은이 김향수
꾸민이 황상미
찍은이 동인에이피

펴낸이 김향수
펴낸곳 향
출판등록 제406-251002009000035
주소 서울특별시 마포구 희우정로1길 48, 702호
전화 070-7797-7721
팩스 031-624-8524
전자우편 fallinnosto@hanmail.net
블로그 blog.naver.com/fallinosto
페이스북 hyang publishing house
인스타그램 hyang_publishing

제조국 대한민국

ISBN 979-11-91886-04-7
        979-11-972285-5-1 04810(세트)

 향출판사 블로그